동그라미의 끝

최원봉 시집

시원
도서출판

은어, 귀향하다

초등학교 4학년 때였다. 나에게는 원고지와 주산 문제
지의 선택을 해야 할 때가 있었다. 나는 주산을 잘 해서
주산반에 들어가 매일 스파르타식 훈련을 받았지만
마음은 항상 저녁노을 내려앉은 책상머리에 앉아 글쓰기
를 하던 생각뿐이었다. 그러나 그 후에도 집안 형편상
상고를 졸업하고 은행에 취직해서 40년 가까운 세월을
숫자와 더불어 살아오던 중 퇴직을 앞두고 고향땅 김천
으로 귀향을 감행했다.

오랜 객지 생활 탓으로 모든 것이 낯설고 서툴렀지만
귀향한 은어의 심정으로 철따라 꽃따라 자연과 벗하며
직지사 불자가 되어 새로운 삶을 살고 있다

135개 주산알. 그리고 108개 염주알.

우리 때는 컴퓨터가 없던 시절이라 모든 계산은 주산
에 의지했다. 특히 은행에서는 주산 없인 아무것도 할
수 없는 필수품이었다.

살펴보면 주산알은 사각의 틀 속에 135개의 알이 꿰어져 갇혀있고 염주알은 108개의 알이 한 줄에 동그랗게 꿰어져 원을 이루어 시작도 없고 끝도 없다. 사각의 틀 속에 갇혀 135번뇌의 주산알로 더하고 빼고 곱하고 나누던 인생살이에서 이제는 108번뇌 염주알로 뺄셈만 하면서 둥글둥글하게 살아가는 삶의 시작이라 생각한다.

　백수문학관에서 권숙월 선생님을 만나 텃밭문학회 문우들과 글쓰기를 다시 시작하게 된 것은 행운이요 행복이다. 시간이 얼마나 남아 있을지는 모르지만 이 세상 떠나는 날 조금이라도 마음 편해질 수 있기를 바라는 마음이다

2022년 3월
최 원 봉

차례

제 2 부 __ 누가 보면 우짤라꼬

차례

제 4 부 _ 산자락이 길게 잠기고

차례

제 5 부 _ 텃밭에는 코 있다

8

제1부

한복치마 살짝 걷어 올리고

둥굴레꽃

연약한 줄기에 조랑조랑 매달려
땅만 내려다보며 피는 꽃
여간해서는 속내를 보이지 않는구나

떠나온 땅속에 누가 있길래
초롱초롱한 꽃잎이 말라붙을 때까지
고개 한번 돌리지 않는 꽃이 되었나

하늘 높이 매달려
쳐다보기만 바라는 꽃이 아니다
잎들 밟고 올라서서 날 봐 달라고
고개 쳐드는 꽃도 아니다

비바람 심술에도 투정 한번 부리지 않는
순결한 희생이 귀중한 뿌리로 자랐구나

탱자꽃

꺾여 보지 못했다

탐하는 이 없지만
시퍼런 가시로 울타리 치고
가부좌를 틀었다

민들레 발아래서 졸고 있다

박새 한쌍
꿈틀거리는 지렁이 한 마리 물고 와서
가시울타리 비집고 들앉아
부리가 닳도록 뽀뽀를 했다

가슴 시린 흔적 사이로
백팔염주 보살들이 천지를 휘젓는다

벼락같이 내려치는 죽비소리
빈 바가지마저 박살났다

살구꽃 복사꽃이
배꼽 꽃송이를 쏟아냈다

깨어진 봄

봇도랑 맑은 물 속
버들말즘은
새끼붕어를 꼬옥 껴안고

봄볕은 물속에 내려앉아
그들을 안아주고
새끼붕어 신이 나서 재롱을 떨어댄다

갑자기
검은 비닐 떠 내려와 날카로운 발톱으로
버들말즘의 목을 조은다

버들말즘은 숨이 막혀 바동거리지만
봄볕은 슬금슬금 꼬리를 감추고
새끼붕어 놀라서 눈만 남았다

물위에 꽃상여 하나 떠내려오고
갈대는 라면봉지 만장으로 달아
꽃상여 뒤를 따라 간다

길섶 민들레 한 송이 바르르 떨고 있다

그녀의 꽃밭

그녀의 꽃밭이
산으로 올라왔다

끈끈이대나물
채송화
족두리꽃
금계국은 몰래 따라오다
지쳐서 비탈에 자리 잡았다

둥굴레
원추리
땅비싸리가
친구 되어 꽃을 피웠다

일 년이 지난 어느 봄날
그녀도
산으로 올라와 꽃밭이 되었다

지운 꽃

봄비 내리던 날
친구에게 받은 접시꽃 씨앗을 심었다
마당 입구 오가는 사람들도 잘 보이는 곳에
빨간 겹꽃을 피울 날을 생각하면서

봄눈이 몰고 온 찬바람에도
새싹 틔우더니 잘 자라서
누구도 닮으려 하지 않고
바라던 꽃을 활짝 피웠다
"그래 애 썼어 많이 힘들었지"

요즘 동네 연화지에 연꽃이 한창 피어
백일홍과 어울려 유혹하고 있다
나도 마음을 빼앗겨 정신을 못 차리고
휴대폰에 잔뜩 담아 마구 퍼 날랐다

오늘 아침 산책길에 활짝 웃고 있는
접시꽃이 눈에 들어 왔다
미안한 마음에 휴대폰 속 꽃들을 지우고 말았다

철없는 것들

나 어릴 땐
개나리 진달래 피고
벚꽃이 만발하면
복사꽃 살구꽃도 활짝 피었다

요즈음은
꽃들이 앞뒤 없이
한꺼번에 우르르 몰려 핀다
아래 위도 없다

구절초 만발하여
산길 가득 채웠다
진달래 한 쌍
무성한 잎들이 모두 보고 있는데
걱정도 없이 사랑을 꽃피운다

철없는 것들

춘란

한복치마 살짝 걷어 올리고
꽃버선 콧날 내 보이며
내게로 다가온 여인
강렬한 체취에 우리는 하나가 되었다

오랜 기다림이 있었기에
순간은
그렇게 짧았나 보다

너를 붙잡아
영원히 함께 하려고
자취마다 너의 모습 새겨 두었다

너의 영혼 빠져 나간 지금
빈껍데기 끌어안고
너를 느끼려 몸부림친다

봄봄봄

노란 개나리
겨울 이야기들이
인도 블록 위를
우르르 몰려다닌다

연화지를 에워싼
벚꽃들의 연분홍 사연들은
가지마다 가득 매달려
시끌벅적 야단법석이다

이제 머지않아
연화지 가득 연꽃 피어나면
수줍은 웃음으로 유혹할 텐데

꽃이 되고 싶다
꽃이 되어 꽃을 보고 싶다
꽃의 마음을 보고 싶다

해오라비란

산속 양지바른 습지
긴 세월 수많은 날갯짓으로
무더위를 즐기며 살아오던 나
탐내는 이 너무 많아
이젠 화분에 익숙한 꽃이 되었다

조금이라도 더 함께하고 싶은 욕심들이
베란다에 가두어 벌나비 쫓아 버려도
닷새를 넘기지 못하는 짧은 생명줄
이제는 부질없는 삶을 살고 싶지 않다

눈부신 하얀 몸매
여러 가닥의 뒷머리 댕기까지 달고
앙증맞게 펼치던 날갯짓이
질투와 오해의 업이 되었나

꿀벌의 머리통에 생식기를 붙여주고
하루를 못 버티고 떨어지더라도
내 살던 산속으로 돌아가 손주들 보며
푸른 하늘 구름 따라 살아가고 싶다

핫 립 세이지
(hot lips sage)

원효암
법당 앞 뜨락

붉은 입술
정열의 향 뿌려
치맛자락
살포시 누르고 서 있는 너

원효스님 그리다가
여기까지 찾아왔나

간절한 소원
얼마나 많은지
아직도 머물고 있는
너의 마음
헤아려 본다

하늘타리

더벅머리 노총각
가시 돋친 아카시아 나무 타고 올라가
하늘신방 차렸다

푸른 하늘 벗 삼아
세상 내려다보며
초록아기 조롱조롱 달았다

찬바람 불어 나뭇잎 떨어지고
앙상한 가지사이로
노랗게 익어가는 자식들 보며
꿈꾸던 천상세계 소원 이루었는데

말라버린 몸뚱아리 뚝뚝 떨어지고
뿌리와의 끈질긴 인연 끊을 수 없어
또 한 번 땅속으로 끌려가고 있다

망초꽃 만발

천덕꾸러기 망초꽃
엄마 떠난 빈 마당에
엉덩이 슬쩍 들이밀더니
용케도 버텨 주인이 되었다

길 건너 텃밭에도
춘자네 삽작거리에도
하얗게 피어 빈자리 지킨다

텅 비워버린 고향 동네 걱정되어
마지막 떠난 엄마가 보낸 꽃인가

뜨거운 여름
끈질기게 피어난 너의 마음
이제는 너를 보러
텅 빈 고향을 찾는다

며느리배꼽

가요교실 카톡방
코로나 땜에 모두 방콕이다
야생화 여성회원이
며느리배꼽 사진을 올렸다

마누라 배꼽은 봐 왔지만
며느리 배꼽은 처음 봅니다
'고마워요'
얼굴 빨개진 댓글
아랫도리를 가리고 서 있는 이모티콘이
줄줄이 올라 왔다

실물이 보고 싶다고 했더니
며느리밑씻개, 며느리밥풀도 있단다

궁금해서 인터넷을 찾았다
시어머니의 심술이 아니라
어려운 시절을 살다간
어머님들의 한이었으리라

고개가 숙여진다

비 오는 날엔

달 없는데
달마중 나온
달맞이꽃

비 오는데
하늘만 바라보는
해바라기

얘들아
이렇게 비 오는 날엔
눈 꼬옥 감아보자

눈 감으면
다 보이는
그대 바라기

이제 비 개이면
달과 해
그리고 떠나버린 그대도
두루 비춰 줄 거야

야래향

달아난 잠을 찾아
창문을 열었다
달님이 데려온 적막이
베란다를 감싸고 있는데

누군가 쏟아놓은
사랑의 향기에 눈이 번쩍

초저녁부터 버티고 있던 북극성
은빛 팔 길게 뻗어 너를 품었구나

수줍어 고개 숙인 너
연약한 몸속에 숨겨 두었던
마지막 향기까지 토해내고

달님도 견우직녀도
모두 다 떠났는데 북극성아
이제 너도 떠나면 안되겠니

먹구름으로 커튼 치고
비를 기다릴까

연과 함께

교동연화지엔
큰 연, 작은 연
하트 연도 있다

큰 연들 큰꽃을 피우는 바람에
작은 연들 숨어서 살짝 피었다 지고 말아
휴대폰에 담지 못했다

하트 연들 답장을 보내지 않아도
아침부터 쉴새없이 하트를 날린다
처음엔 한두 개씩
벚꽃 지고부터는 수십 개씩 날렸다

이웃하고 살면서도
눈여겨 보아주지 않는다고 토라진 걸까

함박눈 아침
큰 연도 작은 연도 보이지 않았다
하트연의
문자 메시지도 오지 않았다

구절초 그대

온산
빨강색깔 다 빨아들여
봄을 불태운 진달래

뒤 따라온 수달래
물감 모자라 핑크꽃 피우고
원추리는 노랑빛깔로
꽃을 피웠다

고운빛깔 다 내어주고
무더운 여름 견디며 모아둔 물감마저
가을단풍 위하여 남겨둔 채
욕심 없이 피어난 구절초 그대

무리지어 피어나
밤새도록 달빛 모았다가
새벽길 밝혀주는 너의 마음

떠난 님을 닮은
그대 있어
새벽산을 오른다

단풍

소갈머리 없는 벗나무들이
연화지를 가운데 두고 동그랗게 둘러 앉아
가을 햇살을 붙잡고 있다

벗나무 아래 나무의자에는
늙은 남자가 지팡이를 짚은 채
비스듬히 걸터앉아 졸고 있고

몇 개 남지 않은 벗나무 주변머리
바람에 팔랑거리다가 심심했는지
햇살타고 살며시 내려와
남자의 반짝거리는 머리를 만져본다

남자의 주변머리가 가을 낙엽처럼 흩날린다
의자 옆자리 그를 닮은 그림자 하나
그의 두 손을 꼭 붙잡고 앉아 있다

제 2부

누가 보면 우짤라꼬

가로수

여기는 전쟁터
머리 없는 병사들이 줄지어 서 있다

한쪽 팔은 찢긴 채
하얀 뼈가 드러나고
시커멓게 그을린 허벅지에는
얼굴 없는 이름이 문신되어 있다

벌거벗은 몸뚱아리는
발길질로 멍들고
겨우 아물어 가는 발등에다
똥개는 다리를 든 채 오줌을 갈겨댄다

그렇지만 그들은 움직이지 않고
같은 자리를 굳게 지키며
무엇을 기다리고 있다

더러는 짧은 생애를 마감하기도 하지만
그래도
까아만 몸 사이로 파아란 생명들을 탄생시키며
그렇게 살고 있다

봄 한 움큼

봄비에
쑥쑥 올라온 쑥 한 움큼
꽃다지 박꽃다지 광대나물 보태어
봄을 끓였다

멀건 국물 속에
이랴이랴 고함지르는 아버지와
거품을 물고 힘들어하는 늙은 소가 보인다

푹패인 아버지 이마골에
땀방울이 맺혀 흘러내리고
비탈밭에도 골이 하나씩 늘어나고 있다

골마다 싹이 터 생명들이 자라고
아버지 주름골 따라 칠 남매가 커간다

박사

학창시절
나는 주산을 잘 해서
이름난 학생이었다

여름방학이 되어
고향 농협에서 한 달간 알바를 했다
봉투를 받았는데
'박사' 라고 적혀 있었다

기쁜 마음에 엄마한테 드렸드니
봉투째 들고 다니면서
우리 아들 농협에서 일 잘해 박사라 했다고
온 동네 자랑이다

한참 뒤 봉투에 적힌 박사가
작은 성의의 뜻인 薄謝인줄 알았지만
이미 해 버린 엄마의 자랑을
바로 잡고 싶지 않았다

내가 꼭 博士가 되어야겠다는
굳은 다짐을 했다

골목대장

골목 하나에 여덟 세대가
이마를 맞대고 사는 주택가
둘째는 골목대장이다

두 살 위인 형이 맞기라도 하면
총알같이 달려가 복수를 한다
이웃집 아줌마들
"야 이 농띠야" 하면
"농띠 아닌데요 나 용띤데요" 대꾸하고
"이놈 넉살이 대단하네" 하면
"넉살 아니고 다섯 살인데요" 하는 바람에
아줌마들 혀를 내두르곤 했다

하루는 형 복수하러 갔다가 쎈놈을 만나
머리카락을 한 움큼이나 뽑혔다
그 쎈놈은 자기 엄마한테 혼이나 울음보가 터졌는데
용감한 우리 골목대장 씩씩거리며
"아직 머리카락 이만큼이나 남았어요"하는 바람에
아줌마들 한바탕 웃고 말았다

그날 밤 아빠를 기다리다 잠이 든
골목대장의 고사리 손에는

어디서 주워왔는지 낡은 골프공 한 개
꼬옥 쥐어져 있었다

비밀 있는데요

어버이날 둘째아들 내외가
세 살배기 손자를 데리고
서울서 내려왔다

손자놈 무엇을 감췄는지 뒷짐질 하고
"치치푸푸 하아부지 비미 잉는데요"
"뭐라카노 우리 손자가"
"비미 잉는데요"
"아— 비밀 있다고?"

머뭇머뭇 내미는 고사리 손엔
저를 닮은
빨간 카네이션 꽃바구니 들려 있다
꽃바구니 안에는 신사임당 한 장 꽂혀 있다

손자의 외할아버지 이웃하고 살아
나는 칙칙폭폭 할아버지가 되었다

뒤에서 지켜보던
예쁜 며느리 생긋이 웃고 있다

누가 보면 우짤라꼬

빤쓰만 보면 빨아 쌓더니
하루밖에 안 입은 빤쓰
밑이 터져 버렸다

밑터진 빤쓰
버리지 말라고
나이 들면
거시기 찾기도 힘들어

자크만 내리면
자동방출
통풍도 잘되어
얼마나 시원한지 몰라

누가 보면 우짤라꼬

당신 말고는
볼 사람도 없어

말은 안했다

여름 한낮 시골 버스정류장의 한 아주머니
캥거루처럼 어린아이 안고
앞산만한 가방 질질 끌며
땀 뻘뻘 흘리고 있다
보기에 딱해서 가방 번쩍 들어
택시 승강장까지 갖다 주었다

뒤따라온 아내 안색이 별로다
말 한마디 없고 눈도 맞추지 않는다
어려운 사람 좀 도와주었는데
설마 나쁘게는 보지 않겠지
하나 뿐인 내 사랑 고생해서 속이 상했을까

아니야, 이쁜 여자라면 정신 못 차리고
눈웃음치며 간이라도 빼주고 싶은
저 인간 믿고 살아도 될까?
불길한 생각이 들었다

그래, 내 생각이 좀 짧았어
앞으로 조심할게 하고 싶었지만
끝내 말은 안했다

죽어도 없음

당신 나 몰래 카톡하는 여자 있지
목소리 낮게 쫙 깔고
없음
여자의 직감은 못 속여 말해봐
직감이 사람 잡겠네
없음
화장실에 휴대폰은 왜 가져가는데
뭘 눈치 챘나 귀신같이
정말 없음

가요 홍이 누군데
친구 몇이 어울려 갔던 홍마담 부루스 한번 추고
카톡 몇 번 온 것 다 지웠는데 정신 바짝 차리고
진짜 없음

혐의점이 없다고 인정되었는지 마지막 경고라며
나중에 발각되어 후회하지 말고 이실직고하란다
다른 확실한 증거라도 나오면 그때는 마지막으로
죽어도 없음
딱 잡아떼려고 마음속으로 단단히 준비했는데
안 써먹고 위기를 넘긴 것만 해도 다행이다

미쳤는갑다

발뒤꿈치 치켜들고
괄약근 강화운동을
열심히 하고 있는데

"총각 여기 고용센터가 어디요?"
"엘리베이터 타고 7층 가시면 돼요"
고개도 돌리지 않은채 대답만 했다

거울에 비춰진 아주머니
나보다 서너 살 아래로 보이는데
날보고 총각이란다

우쭐해서 괄약근에 다시 한번 힘을 주어보았다
하지만 거울에 비쳐진 주름투성이 얼굴이
아무래도 총각은 좀 과한 것 같다

옆집 식당으로 달려갔다
"아지매, 누가 날 보고 총각이래요"
식당 아주머니 반응이 시원찮다
괄약근을 보여줄 수도 없고
그래도 자랑 한번 하고나니 으쓱해진다

저녁을 먹으며
아내에게 자랑했더니
"그 아지매 미쳤는갑다"

책에 안 나오는 나무꾼 이야기

선녀가 셋째 아들을 순산했단다
하늘을 날듯이 기쁘다 세상을 다 얻은 듯
아들만 셋이어서가 아니다
목표가 달성되었기 때문이다

선녀의 날개옷을 훔쳐
내 마음속에 간직한 채 어언 여섯 해가 흘렀다
이제 아이가 셋이나 태어났으니
날개옷을 감추어 두지 않아도
날아 갈 수 없을 거라고 굳게 믿었다
이렇게 좋을 수가 없다 해방이다

그렇게 행복했던 어느 날 선녀가 짧게 앓았는데
아이들도 날개옷도 그냥 두고
어디론가 영원히 가 버렸다
아이 셋이면 절대로 떠나지 않을 거라는
나무꾼의 믿음은 산산조각이 나고 말았다

아이들 다 자라 훌훌 둥지를 떠나고
나무꾼 홀로남아
마음 깊숙이 숨겨둔 날개옷을 꼭꼭 간직한 채
오늘도 선녀탕 있는 산을 오른다

삼우제

뻐꾹
뻐어꾹

"너거 엄마
뻐꾸기 되어
왔능갑다"

"아부지예,
어무이는
안올낍니더
어무이는 존데 갔을낍니더
뻐꾸기는
어무이가
보냈능갑심니더"

뻐꾸기 쏟아 놓고 간 눈물 자국

찔레꽃 온몸을 떨며
하얀 송이송이
가슴으로 토해낸다

아내생각

"아침은 챙겨 드셨어요?
겨우내 시레기만 드시면 어떡해요?
가끔 고기도 사서 드시고 생선도 드셔야 해요
옷이 얇아요 패딩잠바 꺼내 입으세요"

벚꽃 질 때 떠나셨다가
벚꽃과 함께 찾아와 하신 말들이
지금도 생생합니다

올봄에도 벚꽃이 핍니다
그동안 하지 못했던 가슴속 이야기들을
한꺼번에 쏟아 놓을 듯
꽃송이가 가지마다 무겁게 매달렸습니다

사자에게 물려가는 새끼를 보고도
커다란 눈망울만 굴리고 서있는
킬리만자로의 임팔라처럼...
췌장암이 무엇인지도 모르고
곁에서 지켜볼 수밖에 없었습니다

사내아이 셋을 혼자서 다 키우고
집안일은 도맡아 하셨는데

돈만 벌어주면 되는 줄 알았습니다
직장일 핑계로 자정 넘기는 일이 허다하고
때로는 와이셔츠 입술연지 묻혀가도
말없이 씻어 주셨지요

막내아들 결혼식 날
영양제 주사 힘으로
그토록 긴 시간을 잘도 버텨내더이다
두 달도 채우지 못하시고 당신은 떠나셨는데
"당신 나 때문에 고생했어요
당신 가슴이 이렇게 넓은 줄 몰랐어요"
그 말 한마디에 내 할 일 다 했다고 생각 했지요

웨 그렇게 몰랐을까? 웨 그렇게 바보였을까?
올봄에도 벚꽃이 핍니다
당신 마음속에 모아둔 꽃송이들
올봄에는 남김없이 쏟아 놓고 떠나세요

아직

나보다 더 나은 여자와
꼭 재혼하라던 당신
그 빈자리가 더욱 커집니다

사십년을 함께했던 시간에 갇혀
예쁘고 알뜰하고 지혜로운 인연을
아직도 만나지 못했습니다

언제나 내편이었던 당신에게
한 번도 당신편이 되어주지 못하고
남편 아닌 남의 편으로 살아 왔습니다

쇠똥구리는 쇠똥이라도 평생을 굴리고 사는데
아직 나는 허송세월만 굴리며
바둥거리고 있습니다

혼자 산다는 것

오늘은 코로나 백신 접종하는 날
얘기할 때가 없어 가족 카톡에 올렸다
댓글들이 올라와 조금 안심은 되었지만
방송을 보니 걱정이 앞선다

갑자기 의식을 잃고 쓰러져
영영 돌아오지 못할 수도 있을 텐데
새벽부터 일어나 몸을 깨끗이 씻고
손톱 발톱도 말끔히 깎았다
발뒤꿈치 각질까지 긁어내고
아껴 쓰던 로션도 흠뻑 발랐다

새로 산 속옷을 골라 입고
며느리가 생일 때 사준 티셔츠도 차려 입었다

그런데
아이들 보고 싶은 이 마음은 어찌할까
고통스럽고 괴로워도 찡그리지 않고
편안한 모습으로 갈 수 있을까

접종 끝나고 삼십분이 지났는데 아직 살아있다

봄을 봄

날씨도 풀리고
근육 좀 불려 보겠다고 무리하게 운동을 했더니
온몸이 뭉쳐 쉽게 풀리지 않는다

파스 몇 장 사다가
허리 어깨 한 장씩 붙였으나
등에는 도무지 붙일 수가 없다

오그라드는 파스를 늘어뜨려
방바닥에 펴 놓고 드러누웠더니
삐딱하게 잘 붙어 있질 않는다

할 수 없어 옆집 식당 아주머니에게
붙여 달라 했더니 대답이 없다
그중 나이 든 아주머니 선뜻 나선다
"누가 남의 남자 몸에 손을 대요
이리 와 봐요 붙여 드릴게요"
못 이기는 척 옷을 올렸다
"내가 무슨 남자야 노인네지"
마음에 없는 말을 했지만 기분은 좋았다

창밖엔 벚꽃이 만발하여 천지가 들썩거린다
봄이 다가 온다
나의 봄이 보인다

고려장

아내의 삼우제 끝나고 모두 떠나버린 텅빈 아파트
정신을 차리고 창밖을 보니
연화지 벚나무가 한꺼번에 꽃을 피웠다

고려장의 새로운 봄이 시작됐다
텃밭 하나 장만하고 씨앗을 뿌렸다
밭둑엔 꽃다지 광대나물 냉이꽃도 피우고
가을맞이 코스모스 줄 세워 심었다
옥수수 고구마 땅콩도 심어
들꽃향기 함께 싸서 아이들에게 보냈다

사람들과 부대끼며 살아오던 삶
이제는 비바람 소리 듣고 자라나는
나무와 들꽃의 얘기를 눈으로 듣고 산다
골짜기 바위 산길 돌멩이도
마음 터놓고 얘기 하는 다정한 친구다

때 되어 갈 곳 생기면 내게 머물러 있는 것
주인 찾아 모두 돌려주고 홀가분하게 훨훨 날아가련다
동사무소에서 나왔던 독거노인 실태조사
십년이 지났는데도 아직까지 한 번도 오지 않았다
다시는 오지 않아도 되도록 준비 하겠다

저 꽃 좀 봐요

한꺼번에 여섯 개나
임플란트 수술하던 날

당신은 소고기 갈아서
야채 총총 썰어 넣고
맛있는 죽 끓여 기다리고 있었지요

수술 잘 되어 십년이 지났는데도
지금까지 무엇이든 잘 먹고 있어요

그 때는 왜 당신을 못 보았을까요
아직도 내가 날 잘 모르나 봐요

당신과 함께 심은 겹벚꽃이
방울방울 등불을 달았어요
여보, 저기 꽃 좀 봐요

핑계

오늘은 골프 월례회
한 달에 한 번씩 운동하는 모임이다
모두가 팔십 줄에 들어
힘은 떨어지고 잘될 리도 없다

"어젯밤 친구가 와서
밤새도록 땡겼더니 비몽사몽이다"
하지만 초저녁에 헤어졌을지도 모른다

"오랜만에 나왔더니
공이 앞으로 갈는지 모르겠다"
그런데 며칠 전 골프장에서 봤다는 친구가 있다

"연습을 너무 했나
허리를 삐꺽해서 칠란 지 모르겠다"
그렇다면 병원에 가야지 여기는 뭐 하러 오나

하나같이 공치는데 열중이고 성적도 우수하다
세상에 믿을 사람 없다

사랑니

첫사랑 보내기가 그리 쉬운가

사랑을 알고 철이 들 때 너를 만나
50년 세월 입안 깊숙한 곳에 숨어
혀가 저지른 온갖 비밀 다 알면서도
아무 말 없이 버텨주어 고마웠는데
이제 와서 황혼이혼이라도 하자는 건가

아프다
어둠이 내려온 밤은 더욱 아프다
서 있어도 앉아 있어도
손으로 머리를 싸매고 엎드려 봐도 아프다

날이 새면 이혼장에 도장 찍어
다시는 너를 쳐다보지도 않으리라

잠을 설치며 괴로워 하다가 날이 밝았다
텃밭에 무 배추 뽑아 김장준비를 해야겠다
낌새를 챘는지 첫사랑 슬며시 숨어 버렸다
아파했던 밤의 고통도 슬금슬금 따라 나섰다

제3부

아무것도 아닙니다

자벌레

하이얀 옥양목
기어 다니던
엄지와 검지

몇 겁의 세월동안
올 하나 울지 않는
반듯한 옷을 만들었구나

업의 밧줄에 매달려
허우적거릴 때도
어긋남 없이
천 위에만 머물던 너의 마음

윤회의 마지막 자락에서
능여화상으로 환생하였나
향내 나는 목재 위를 기어 다니며
그렇게
직지사 대웅전으로 해탈하였구나

동그라미의 끝

백팔 염주알이
동그라미를 그리며
빙글빙글 돌고 있다

동그란 염주알처럼
열심히 수행하여
둥글둥글 살아가라고

시작도 없고 끝도 없는
윤회의 길을
벗어나라고

하지만 나에게는
철 따라 꽃 따라
그냥그냥 살아온 세상일 뿐

태어난 고향으로 돌아온
한 마리의 은어 같은
그저 그런 것

번뇌

장맛비에
연잎이 바빠졌다

비워도
비워도
또 채워지니

옆으로 누운 놈
아예
엎드려 버린 놈도 있다

바람이 거들었지만
연잎만 찢어놓고 말았다

장맛비에
연잎들은 부지런히

비우고
비우고
또 비운다

'나'라고 불리는 조각들

나는 사람이라고 불리는 퍼즐

가까이 보면
눈 귀 코 입 그리고 몸뚱어리라고
불리는 조각들이 있다

오래 보면
기쁨 분노 슬픔 즐거움이라고
불리는 조각들이 있고

가끔은
이성 양심이라고
불리는 조각들도 있다

나는 조각들로 짜여진 퍼즐이다
조각은 느끼고 행동하기도 한다

채워야 할 조각들 채우지 못하고
버려야 할 조각들로 채워진 퍼즐

사람이라고 불리는 퍼즐들이
나를 사람이라고 부른다

아무것도 아닙니다

내 몸은
너무 빨리 분해되고 있습니다
손가락은 마디마디 잘려 나가고
오장육부는
쇳가루로 반죽하여 용접되었습니다

이제 마지막 남은 뜨거운 마음마저
훌훌 떠나가 버릴 시간입니다

영혼의 무게마저도 느끼지 못한 채
허공에 둥둥 떴습니다
얼마나 편안한지 모릅니다
사람들이 저만치 아래로 보입니다

늙으신 노파 한 분
사과 하나 정성스레 닦아
제상에 올립니다

마당엔 아이 하나 뛰어 놀고
상복 입은 여인네
안방에서 부좃돈을 헤아립니다

상추 심은 데 파 난다

아파트 앞 욱수천변엔
수시로 주인이 바뀌는 텃밭이 촘촘하다

작년 연말 퇴직한 박 동장
빈 밭이 있어 거름 주고 풀도 뽑아
상추씨를 심었단다

며칠 후 텃밭에 가보니
파가 올라오길래
잡초랑 열심히 뽑아내고 있는데
할머니 한분 다가와
영감 남의 파밭에서 뭐해요 하더란다

한참을 심하게 다투다가
결국은 할머니에게 항복하고 말았단다

듣고 있던 축협 출신 정 전무
영감님이 잘못했네
빈 밭이라고 함부로 씨를 뿌리니까
그런 창피를 당한다며 핀잔을 준다

맞아, 씨는 아무 밭에나 뿌리는 게 아니야

유심조

"안녕하세요?"
짙은 녹음 겹겹이 쌓아두고
깃털하나 보여주지 않는 새
아침마다 나만 보고 인사한다
괜찮은 남자로 보였나
"조심하세요?"
그날은 멧돼지 사냥으로
입산금지 현수막이 붙었다
나를 걱정해 주는 이
세상에 너뿐이구나

"쓸만하지요?"
"행복하세요?"
아카시아 향기에 흠뻑 젖어
토종꿀보다 더 달콤한
인연을 맺었는데
비바람 세차게 몰아치던 날
사라져버린 너를 찾아
외로이 산골짜기 헤매다
바위틈새에 웅크리고
앉아있을 그 마음

묵언

첫사랑의 사연들이
첫눈으로 소복소복 쌓이던 날도
실연의 칼바람이 거세게 몰아치던 날도
한마디 말도 없이 잘도 참아 왔는데

설레던 마음 쓰라린 마음들
가슴 가득 응어리로 눌러둔 채 지내온
인고의 세월이 오죽했으랴

겨우내 한 번도 속마음 내 보이지 않더니
원망의 말들을 모두 모아
수행의 용광로에 녹여 버리고
보살의 미소를 쏟아 내었나

벗나무야 우리 이 밤새도록
천지를 가득채운 꽃비에 흠뻑 젖어
너와 내가 없어진 세상으로 **빠져보자**

모두 허상되어 녹음 속으로 묻혀 간다

사리암에 왔다
녹음을 뚫고

지나온 길 지운다
녹음이 구름 되어

몸으로 물길 틔는 골짝개울
차가운 바위 속으로
천천히 걷고 있다

하늘 메워버린 녹음 사이로
길이 삐죽이 나 있다

기도 하러 온 사람들
관음전의 부처님
젊은 비구니
모두 虛像되어 녹음 속으로 묻혀 간다

나이테처럼
쓸데없는 울타리만 만들어온 내 모습이 보인다

불이문不二門

산책길의 굴참나무 한그루
길을 가로질러 소나무에 머리 기대고
세월 따라 비스듬히 누웠다

산책 나온 사람들
문이 된 굴참나무 앞에서
머리 한 번씩 숙이고는 걱정보따리 놓고 간다

그러던 어느 날 굴참나무
밑동까지 잘려 차곡차곡 쌓여져 있었다
이제 굴참나무 문은 없다

딱따구리 장단 맞춰 뻐꾸기 노래하고
원추리 산나리꽃 춤을춘다

혼자 감당할 수 없어
카톡에 담아 퍼 날랐다

무상 無常

소한비가 이틀째 내리더니
아침노을에 산불감시초소가 불타고 있다

먹구름 몰려와 산불을 끈다
잔불마저 깨끗이 정리하니
하늘은 캄캄 빗방울이 또 떨어진다

조금만 더 운동을 하고 가야지
아니야, 감기라도 들면 어떡해
이정도 비야 괜찮겠지
그래 하던 운동 다 하고 갈거야

마음은 전쟁 중
몇 번이나 뒤바뀜이 반복됐으나
결국 운동을 다 마치고 내려왔다

날씨도 구름도 내 마음도
멈추어 있는 것은 하나도 없다
굴렁쇠 속에 갇혀 함께 흘러갈 뿐이다

무상게 無常偈

비도
비도
이렇게 많은 비는 평생 처음

물동이로 들이부은 듯
거대한 물줄기는
비좁아터진 계곡을
빠져 나오지 못하고
우루루 몰려 하늘로 솟구치더니
와장창 바위에 부딪치며
분노의 괴성을 질러댄다

조용히 흐르는 계곡물이 어디 있을까만
물더미에 떠밀려 옆구리가 터지고
물은 갈 길을 잃어버린 채
세상은 온통 강이 되었다

물 빠진 벌판, 혼령은
영안실로 떠나버린 몸을 찾아다니는데
상복 입은 여인의 흐느낌이
스님의 독경소리 속으로 빠져 들고 있다

스님의 마당

직지사 앞마당
예쁜 단풍잎
깨끗한 곳에 떨어지라고
노스님은 새벽부터 쓸고 또 쓴다

조금 뒤 뒷걸음질 하면서
자신의 발자국을 쓴다

노스님 떠나가신 앞마당
꽃단풍 소리 없이 내려와
땅 속 뿌리들과
귓속말을 나눈다

엄마나무 떠날 수 없어
보고 싶은 마음
애만 태웠는데

오늘밤 한 몸 되어
우리보다 더 예쁜
꽃단풍 만들어 보자

밝은 연등

우리 집 화장실엔
형광등 한 쌍이 붙어 있다

남편燈은 어둡고 구석진 곳에서
고통받는 사람들 잘 비추어 주라고
普光이라 이름 지었고
부인燈은 세상의 등불이 되라고
世燈心이라 불렀다

이곳에 왔던 사람들 형광등 아래 앉아
힘들고 고통 받던 덩어리들을
훌훌 털어버렸는데

어느 날 갑자기 깜빡깜빡
이승 저승을 넘나들던 世燈心
초파일을 하루 앞둔 10시50분
普光의 품에서 임종을 맞고 말았다

普光은 世燈心의 몸을 깨끗이 닦아
영정사진 새겨진 파란 종이관에 넣어
재활용 수거 묘지 양지바른 곳에 묻어 주었다

초파일 아침 직지사 앞마당에
밝은 연등 걸렸다

아궁이 앞에서

깔비 삭다리 둥구리
그리고 고자배기가 아궁이 앞에 모였다

푸른 솔잎들 천년만년 푸르게 살 거라고 생각했는데
흐르는 세월 이겨내지 못하고 깔비로 떨어져
가랑잎 솔방울 데리고 여기 왔단다

병골이로 태어나 시름시름 앓던 삭다리
부모 짐 되기 싫은 착한마음에
땅바닥에 떨어져 온몸 부서졌다

봄눈 퍼 붓던 날
아름드리 소나무
통째로 부러지고 찢기어져
몸속 액체들이 조청같이 흘러내리는데
둥구리로 토막지어 삭다리 껴안고 왔단다

땅속에 묻혀 썩어가던 고자배기
뿌리째 뽑혀 흙투성이로 왔건만
구석으로 처박혀 말 한 마디 없다

깔비 삭다리
아궁이속 불길에 몸을 비틀고
둥구리 가슴 깊숙이 박혀있던 옹이는
마지막 눈물을 펄펄 끓인다

물 불 바람으로 모두 흩어지고
천정에서 이를 지켜보던 혼령들
어디론가 소리 없이 갈길   간다

적막만이 가득한 아궁이 앞에
고자배기 홀로남아
해탈문 두드리고 있다

갈바람

석양이 저녁노을 손잡고
시골집 뒷마당까지 내려왔다

두 팔 벌리고 툇마루에 걸터앉은
낯선 여인에게 끌린 갈바람
거칠게 덮쳤다

여인은 아무 말 없이
갈바람을 받아 들였다
하늘에서 꽃단풍이 우수수 떨어지고
그들의 사랑은 뜨겁게 불타올랐다

석양은 부끄러워 노을을 데리고
시골집 뒷마당을 도망치듯 달아났다

갈바람 눈을 떴을 때
여인은 한마디 말도 없이 떠나 버리고
툇마루에 덩그러니 혼자 누워 있었다

모두 다 떠나버린 캄캄한 밤
갈바람은 외로이 잠을 잔다

엘리베이터 속의 허수아비들

우루루 빨려든 허수아비들
사각상자는
수직으로 추락한다

덜커덩 쿵!

가슴이 답답하다
인간냄새가 코를 찌른다
세상이 현기증으로 흔들리더니
허수아비들은 허공에 매달렸다

무서운 적막이 흐른 조금 후
별 하나가
보릿짚 냄새를 묻혀와
내 가슴에 내려앉는다

공양

티비 식당
메뉴는 미스트롯

한 많은 대동강에 용두산을 통째로 말아
한 계단 두 계단 새겨둔 사람을 찾는다
어머님 밤새워 우려낸 곰국에
갓 잡아올려 팔딱거리는 고딩은 서비스

미세먼지만 먹다가
모처럼 받아보는 웰빙 청정식
배불리 먹고 나니 몸은 온통
말없는 청산이요 티 없는 허공이다

부질없는 욕심이 기지개를 켠다
인터넷 동영상을 퍼다 날랐다
맛있는 것만 골라 먹을 수 있는 뷔페식당
이곳엔 영업 종료시간도 없다

시간은 외출시키고
티비에다 인터넷까지 해 치웠더니
몸 안에 불꽃이 활활 타오른다

부처님한테 혼나겠네
그것 봐, 잘 밤엔 과식하지 말랬잖아

만두로 점심하다

세월 기다려온 씨앗들
농부의 거친 손 인연으로 자라나
밀가루가 되고 채소와 고기를 만나
만두로 태어났다

눈 귀 코 입 포기하고 몸뚱이 하나로
속 가득채운 너는 농부의 마음을 닮았구나

오래전부터 연모해온 사이도 아닌데
전생에 무슨 인연 있어 알몸으로 태어나
나의 점심을 찍었나
이제 너는 만두란 이름을 떼어 버리고
나와 한 몸이 되었다

이제 우리는 한 덩어리가 되어 머물다가
세월 따라 하나하나 흩어지겠지
너와 난 그렇게 흘러가며 과거가 되고
산이 되고 들이 되고 또 강이 되리라

나란 것도 없고 너란 것도 없다

개꿈

눈을 떠니 출근시간이 훨씬 지났다
또 지각이다
바쁘게 준비하여 출근하려 했으나
이미 퇴근시간이 다 되었다

벌써 며칠째 결근이다
책상은 치워 지고
출근부도 빠졌을 거라는 불안감
빨리 출근해 자리라도 찾아 앉아야 될 텐데
끙끙거리다가 깨어보니 꿈이었다

이미 퇴직한지 이십 년
에이 개꿈, 하면서도 조심했지만
하루 종일 기분이 찜찜했다

'放下着' 머리를 스치는 한마디
외줄기 나뭇가지를 잡고
죽음의 기로에서 바둥거리는 맹인의 모습
자기키만큼도 안 되는 높이에서
나뭇가지만 놓으면 발이 땅에 닿을 텐데
한바탕 크게 웃었다

제4부

산자락이 길게 잠기고

왕따 이프로

같이 태어난 순둥이
동네 처녀들 다 건드리며
왕의 자리까지 노리고 있다

남자 친구들 모두 쫓아내고
자기가 마치 왕이나 된듯이
어슬렁거리며 돌아다닌다

나는 덩치도 작고 힘도 약해
도저히 순둥이를 당해 낼 수가 없다
순둥이는 아예 남자로 생각하지도 않는다
이제 계집애들 까지도 깔본다

그래도 나에겐 아름다운 연화지가 있
밥 챙겨주는 마음씨 좋은 아줌마가 있다

하지만 왠지 쓸쓸하다
이렇게 부슬비라도 내리는 날엔 더욱 외롭다
나는 들고양이다
왕따 고양이일 뿐이다

이프로

형제들보다 뭔가 조금 부족하게 태어난 나는
사람들이 이프로란 이름을 붙여줬다
날마다 고기와 밥을 주는 아줌마 덕분에
몸은 정상으로 자라지 못했지만
사람들의 사랑을 독차지 하며 살 수 있었다

그런데 요즈음 통 밥을 얻어먹지 못한다
코로나 때문에 손님이 없단다
배가 고파 식당 앞에 어슬렁거리다가
매를 맞고 쫓겨나기도 하고
쓰레기를 뒤지다가 혼쭐이 나기도 한다

아빠는 밥을 구하러 대로를 횡단하다가
트럭에 치어 세상을 떠났고
엄마는 유복 동생을 셋이나 낳았지만
젖이 말라 모두 굶어죽고 말았다

그러던 어느 날 맛있는 밥을 주는 아줌마가 나타났다
추운데 어디서 잤니? 어디 아프냐 눈곱이 끼었네
인정어린 목소리까지 밥에다 섞어 주었다
나는 그 아줌마를 엄마라 부르기로 했다

처음 만난 날 엄마 손가락을 물어 고생을 시켰지만
밥 잘 먹고 재롱만 떨어주면 좋아서 어쩔 줄을 모른다
엄마 사랑해요 나도 엄마처럼 살아갈래요

걱정 마 이프로

오늘은 백신 접종 하는 날
한번 경험이 있어 안심은 되지만
사람들은 2차가 더 아프다 하니 또 걱정이다

멀리 사는 아들 며느리 연신 안부 전한다
하지만 불안한 마음 떨치지 못한 채
무사히 접종을 마쳤다

사무실로 돌아오니
들고양이 이프로가 졸졸 따라 들어와
내 다리에 몸을 비벼대며 재롱을 떤다

이프로의 몸뚱이에서 힘이 느껴지고
따스한 정마저 전해 오는 것 같아
마음이 안정되고 몸이 편안해진다

약하게 태어나 가여워서 밥 몇 번 줬더니
나를 믿고 졸졸 따라 다니며
이제는 제법 위로까지 한다
그래 알았어, 우리 코로나 이겨내고
서로 지켜주면서 행복하게 살자

순둥이

순둥이는 바보 울보 부르는 게 이름이다
식당에서 먹다 남은 고깃덩이라도 던져주면
새끼들까지 잽싸게 물고가 잘도 먹는데
순둥이는 늘 이등이다

이웃집 외톨이인 수고양이를 만나면
도망 다니기 일쑤고
비를 맞고 다니면서 슬피 울기도 한다

그러던 어느 날 큰 싸움이 있었는지
등쪽에 심한 상처를 입은 채
한 쪽 발까지 절룩거리며 나타났다

얼마 지나자 상처가 회복되고 건강해져
꼬리를 치켜 세운 채 위풍당당 어슬렁거린다

"사장님 순둥이 바람둥이예요
동네 고양이들 다 건드려요
이제 순둥이 새끼만 태어날 것 같아요"
"보살님 바람둥이는 새끼를 갖지 않아요
두고 보세요 순둥이는 아마 왕이 될걸요"

엄마의 자격

들고양이 이프로의 엄마
까망이 노랑이 달록이 세 동생을 낳았다

엄마가 통조림 덩어리를 물고 가는데
까망이가 얻어먹으려고 달려들다가
엄마한테 세대나 얻어맞았다

엄마는 결국 제일 약한 달록이에게
통조림 덩어리를 갖다 주고는
다 먹을 때까지 지켜보고 있는데

다람쥐만한 놈들
천방지축으로 뛰어 다니며 놀다가
노랑이가 그만 옆집 담 너머로 떨어졌다

노랑이는 겁에 질려 울어대기만 하고
까망이 달록이 저 만치 떨어져 눈만 말똥말똥
엄마는 지붕위에서 걱정스럽게 내려다보고 있는데
마음씨 착한 우리 아줌마
땀을 팥죽같이 흘리며 사다리를 놓아 주었다

가까스로 엄마 품에 안긴 노랑이를
한참 동안 핥아주었다
죽을 놈이 살아 왔으니 얼마나 반가웠을까

보고 싶다

오늘도 들고양이 이프로는 보이지 않는다
백신 맞고 아프다며 응석 한번 부려 보고 싶어도
어디 이야기 할 곳 없어 허전해할 때
쪼르르 따라와 몸을 비벼대곤 했는데

감기를 달고 다녀 코를 핑핑거리기도 하고
이빨이 시원찮아 먹이는 다 빼앗기곤 했는데
쓰레기 봉지 뒤지다가 얻어맞고 다니지는 않는지
교통사고로 죽지는 않았는지

요즘 망태기가 커지고 암컷에 관심을 보이니까
왕인 마당쇠가 엄마와 작당하여
쫓아낸 것이 틀림없어 동생들이 셋이나 태어났으니까
아니야, 엄마는 이프로 약한 것을 아니까 말렸을지도 몰라

암컷 동생 베란다에게 물어봐도 대답이 없어
맛있는 참치캔을 주면서 부탁해 놓았지만
어디서 무슨 고생을 하는지
순둥이처럼 가끔 다녀가기라도 했으면
사람을 워낙 잘 따르고 귀여움을 받으니까
좋은 사람 만나 사랑 받으며 행복하게 살 수도 있어

인연이란 게

애꾸눈 엄마가 새끼 세 마리를
사무실로 물고 들어와
으슥한 곳에 자리 잡았다

새끼들은 무럭무럭 잘 자랐는데
그 중 두 마리가 차례로 어미와 똑같이
한쪽 눈이 곪아 호두알만하다

소파 위에 올라와 바르르 떨면서
고통을 참는 모습이 너무 안쓰러워
참치 통조림을 주었다

동네 아이들 우루루 몰려와
새끼 고양이 귀엽다고 난리다
한 아이가 눈 아픈 걸 발견하고
고양이 눈이 튀어 나왔다며 걱정을 한다
못 볼 것을 보여준 것 같아 마음이 편치 않다

문둥병 여인을 절방에 데려와 돌봐 주셨다던
스님의 마음을 헤아려 본다

인연 한 자락

예쁘게 태어났던 들고양이
한쪽 눈을 심하게 다쳐 진물이 줄줄 흐른다
마음 약한 아주머니
참치 통조림 사다가 항생제 섞어
정성껏 먹였지만 애꾸눈이 되고 말았다

불쌍해서 밥도 챙겨주고 통조림도 먹였더니
이제는 사무실을 아예 차지하고 말았다

며칠 전 새끼까지 세 마리 낳아
책상 밑 어슥한 곳에 숨겨두고
때맞추어 젖 먹이며 잘도 키운다

기특해서 가족 단톡에 올렸더니
손주놈 답글이 달렸다
'할아버지 고양이 좋아 하세요?'

나는 고양이 키우는 걸 좋아하지 않는다
하지만 '그래 좋아한다' 했더니
고양이 사진이 카톡방에 가득하다

목련이 활짝 피었어요

태어난 지 얼마 되지 않은 들고양이
목에 혹이 생기더니 점점 커져
요즈음은 고개도 잘 돌리지 못한다
먹는 것도 시원찮아
털은 까칠까칠 몸은 비쩍 말랐다
"사장님 흰둥이 암 걸렸나 봐요
오래 못살 것 같아요"

그러던 어느 날 흰둥이는
혹덩어리가 말끔히 없어진 채 나타났다
상처에 진물이 말라 털이 엉켜 있었지만
고개도 제법 돌리면서 밥을 먹는다

"흰둥아 얼마나 아팠겠냐
걱정 마 이젠 살 수 있어"
같이 일하시는 아주머니
자기 집 강아지 몰래
통조림까지 가져와 정성껏 비벼서
다른 놈들 못 오게 해놓고는 떠먹이고 있다

여보, 마당에 목련이 활짝 피었어요

노랑이는 없다

"사장님, 노랑이가 죽었어요
노랑이가 차에 치어 길바닥에 죽어 있어요"
휴대폰 속에서 흐느끼는 소리 흘러나온다
노랑이는 떠돌이 고양이
무리에서 따돌림 당하여
다른 놈들한테 공격만 받고 살아 불쌍하다며
극진히 보살펴 주던 아주머니한테 걸려온 전화다

겁에 질린 눈으로 떨고 있던 모습이 눈에 선한데
다급한 마음에 넓은 도로를 건너 달려가 보니
핏자국은 굳어 아스팔트가 되고
배는 바람 빠진 풍선처럼 홀쭉하다

한쪽 눈이 없어도 번개같이 뛰어 다니던 놈이
싸늘하게 식어버려 몸은 돌덩이처럼 딱딱하다
스티로폼 박스에 조심스레 담아와
먼저 간 동생 옆 양지 바른 곳에 묻었다

흩어진 것들이 잠시 모였다가 다시 흩어지고
그래서 모든 것은 그냥 제자리 찾아 가는 것
아주머니, 노랑이가 갈 곳이 바빴나 봐요

오리 물에 빠지다

칠월 늦장마
무척이나 바빴나 보다

전라도 경상도를 오르내리며
물동이로 퍼붓듯이 쏟아지더니
여기저기 사고소식이 들려온다

오리들이 떼죽음을 당했단다
농장에서 자란 오리들이라
헤엄을 배우지 못해
들이닥친 물을 피하지 못하고
모두 빠져 죽었단다

뒤뚱거리며 잘 날지도 못하는 오리들
물속에서 얼마나 답답했을까
자존심은 또 얼마나 상했을까

딱따구리

숲속 법당 목탁소리에
바람은 흔적을 남기려하지만
시간은 멈추지 않았다

다 떠나보내고 빈 껍질로
일대사 해결 위한 몸부림이다

하지만 어림없다
물오른 거저수가
쉽게 허락할 리 없다
주둥이만 부서질 뿐이다

시절 인연이 그냥 오겠나
차라리 저 말라가는 고목에
영혼까지 불 태워
어쩌다 눈 맞으면
진달래 춤추이고 뻐꾸기 노래시켜
한바탕 질펀하게 저질러 보자

전투모기

아침부터 바람 한 점 없이 푹푹 찐다

달봉산 정상
맨손 체조를 하는데
산모기가 수 없이 달려든다

야 이놈들아 잘 보고 먹어
유통기한 지난 음식이야
배탈 나서 죽을 수도 있어

맨손체조 끝나고 스트레칭
평소보다 빠른 동작으로 몸을 두드리는데
겁도 없이 떼 지어 달려든다

아직 유통기한이 남은 모양이다
목숨 걸고 덤비는 걸 보니

불거지

초록빛 커튼 드리운 깊은 계곡
둘만 아는 아지트

훌러덩 옷 벗어 돌로 눌러놓고
알몸으로 뛰어 다닌다
춘자 피라미
나이롱 원피스 벗어두고
빤쓰 차림으로 쪼그리고 앉아
뛰어들기를 기다리는 눈치다

두 눈 꼭 감은 채 뛰어 내렸다
몸은 따가운 햇볕에
내동댕이쳐 팔딱거리고 있는데
까마귀 성큼 성큼 다가온다
죽을 힘 다해 도망쳤다

겉으론 영웅이나 된 듯 거드름 피웠지만
춘자 피라미는 나의 실수를 알고 있는 듯 했다
우리는 바위에 나란히 배 드러내고 누워
하늘을 쳐다봤다
붉은 해 서산에 걸렸다

다음날 아침 나는
춘자 피라미네 집
소금 한 바가지를 얻어왔다

매미와 소나무

대지의 자궁을 빌려
일곱 해나 기다려온 목마름인가

껍질 덮어쓴 채
가장 먼저 기어오른 첫 인연 두고
어제는 저 소나무 오늘은 이 소나무
이 무슨 사랑 행각인가

날개 달린 놈이 너 뿐이더냐
소나무 말이 없다고
너를 사랑하는 줄 알았더냐

시간 지나
나 그때 기분 나빴다고 하면
어찌하려고

머뭇거리지 말고
단단히 물어봐
정말로 사랑하냐고

그리고 잘 기억해 둬

우리의 사랑 영원했다고
원추리도 산나리도 보고 있어

무정란의 세상에선

교실에서
무정란이
우루루 쏟아져 나오고 있다

젖가슴을 그리워하며 태어난 그들은
외로움의 젖꼭지를 쭐쭐 빨며 사육되어
채워지지 않는 가슴을 달고 다닌다

성기 없는 벌레들은
빈 가슴 속을
굼실굼실 기어 다니며
남은 진액을 빨고 있다

무정란의 가슴 속은
텅텅 비어가고
그 빈자리엔 맹물만 가득 채워지고 있다

무정란은
자동차 홍수 속에서 숨을 헐떡이며
세월 따라 흘러만 간다

구경 났다

태풍에 쫓겨 비가 먼저 달려왔다
물구경을 갔더니
오리들 싱크로나이즈 경기 중

마지막조 오리 한 쌍
거센 황톳물 위에서 빗방울 연주로
고난도 연기중이다
강 건너 백로들은 심판관

아양 떨던 코스모스
오리 연기에 푹 빠져
고개도 돌리지 않은채 저희들끼리 난리다
"앞에 쫌 수구리봐 안비여"

볼일이 급해
힐끔힐끔 돌아보다가
괘씸한 코스모스 생각하며
다릿발에다 시원하게 갈겼다

백로도 보고 오리도 보았지만
코스모스가 못 본 것은 확실하다

물받이를 채우다

노후대책으로 준비했던 임대용 건물
이십년이나 함께 하다 보니
난방용 배관이 툭툭 터져
물이 새는 경우가 허다하다

수리공을 불러 보지만 이런저런 핑계로
늑장을 부리는 바람에 물바다가 되기 일쑤다
같이 일도와 주는 아주머니
사장님은 공부만 잘 했지 이것도 하나 못 고쳐요
직접 한번 해 보셔요 힘들게 하지 말고

핀잔에 어깨너머 배운 대로
고무테이프를 바짝 당겨 감아 댔다
용케도 잘 마무리 되어 물 한 방울 새지 않았다
전구 하나 못 갈던 내가 이젠 웬만한 건 다 고친다
아주머니도 놀란 눈빛으로 나를 대한다

하지만 가끔은 해결 못할 난공사가 생긴다
결국은 전문가를 불러 물받이 통을 만들고
호스를 달아 밖으로 빼내야 한다

양로원 봉사활동 가서 보았던
할아버지 아랫도리에 채워 놓은 기저귀가 생각난다

산자락이 길게 잠기고

잔잔한 물결 속 산자락이 길게 잠기고
원추리 꽃망울 눈물로 뚝뚝 떨어진다

둘째아이 싸늘한 몸뚱어리
가슴에 묻어둔 채
강물에 재 뿌리는 농부의 눈앞에는
온통 아이의 얼굴뿐

가슴은 갈갈이 부서지고
애틋함은 간헐천으로 솟아오르는데
하동은 뻐꾸기 울음소리를 낚고 있다

강물은
마지막 남은 몇 점 조각구름마저도 삼켜 버리고
이글거리던 태양을 산속 깊숙이 숨겨 놓았다

반짝이는 물결 위로 아이의 얼굴이 흘러가고
농부는 차마 손을 씻을 수 없어
물끄러미 아이의 얼굴만 쳐다보고 있다

제5부

텃밭에는 코 있다

김호중 소리길

하늘에서 소리꽃이 내리고 있어요
막힌 곳을 뚫어주고
아픈 곳을 아물게 하는 생명의 소리가
꽃이 되어 하늘 가득 내려오고 있어요

땅 위에 소리꽃이 쌓이고 있어요
반목과 갈등이 할퀴고 간
상처를 하나 되게 하는 화해의 소리가
이 땅을 포근하게 덮어주고 있어요

'할무니'
'우산이 없어요'
걱정 말아요
온 세상이 소리꽃으로 가득하니까요

"고맙소
고맙소
늘 사랑하오"

봄눈 오던 날

춘분 아침
밤새
젖은 눈이 세상을 눌러 버렸다

통째로 누워버린
솔가지 사이로
진달래 가족은 겨우 난리를 피했다

빨간 코 내밀어
봄 냄새 맡던 놈

성질 급해
터뜨려버린 삼둥이 꽃잎도
젖은 눈 덮어쓰고
등 맞대어 봄을 지킨다

아직도 눈감은 놈
귀까지 닫아버린 놈도 있지만

젖은 눈은
봄을 막지 못했다

잃어버린 손수건

오래된 손수건
등산길에서 잃어 버렸다

빙 돌아가는 등산길
행여나 떨어져 있을라
갔던 길로 다시 내려오지만
찾지 못했다

바람이 데려갔나
어느 잘 생긴 남자 품에 안겼나
쓰레기 되어 불태워 버렸나
아니야, 엄마 잃은 아이
눈물 닦아주러 갔을거야

손수건 하나 사서
며칠 동안 지니고 다녔지만
마음은 온통 잃어버린 손수건 뿐
아직도 내가 나를 못 보나 보네

크게 될 놈

아파트 놀이터
어린이집 아기 너덧 명 모여 흙 놀이 한다

젊은 여자 선생님
할아버지 안녕하세요 배꼽인사 해야지
나 할아버지 아니야 아저씨 안녕하세요 해봐
아이들 멋쩍은 웃음으로 서로를 쳐다보는데
알밤같이 머리를 깎은 잘 생긴 남자 아이
아저찌 안녕하세요 한다
야 너 앞으로 크게 될 놈이야
하도 기특해서 꼭 깨물어 주고 싶었지만
코로나 땜에 꾹 참았다

너희 선생님은 유엔이 발표한
새로운 연령구분도 못 봤나
아이들 교육을 왜 그렇게 시키나
팔십이 넘어야 노년이라 오년이나 남았는데
건강 검진 나이는 61.8세
18세부터 65세까지는 청년인데
같은 청년시대에 웬 할아버지

그날 집으로 돌아와
며칠 지나지도 않은 머리를 염색했다

튀어야 산다

참새 한 마리
탁구공처럼
통통
튀어 오른다

참새는 늙어도 걷지 않는다

탁구공은 튀어야
구실을 한다
튀지 못하면
재활용 쓰레기도 어렵다

나도 튀고 싶다
걷기라도 해야 한다
걷지도 못하면
요양원에 가야한다

텃밭에는 코 있다

봄비 예보에 마스크를 벗고
매화 터져버린 텃밭에 나갔다
잠시 멈췄던 기억속의 매화 향기에
몸 안 가득 쌓였던 독소들이
봄눈처럼 녹아내린다

상추와 쑥갓 씨앗을 뿌리고
호박구덩이 두 개 파서
호박씨 욕심껏 넣었다
안쪽 빈터엔 일 년 동안 소중히 보관해온
빨간 접시꽃 씨앗도 넣었다

짙은 흙냄새와 함께
머리 내민 쑥과 달래 향기가
내 가슴을 흔든다
머지않아 벚꽃들 연분홍 향기 쏟아내면
어찌할까 눈으로 맡아 볼 수밖에

상추 쑥갓 무럭무럭 자라나면
혼자 사는 친구 불러 쌈 싸 먹으며
꽃향기 사람향기에 흠뻑 취해보고 싶다

산

산이 내려온다
천천히 내려온다

쑥부쟁이 앞세워
구절초 오솔길 따라 내려온다

이끼 낀 바위 사이
계곡물이 뛰어 내리고
상수나무 사이
옻나무 빨간 손을 흔든다

빽빽한 솔숲 올라서자
산은 고개를 숙인다
나도 산이다

산이 올라간다
떨어지는 저녁 햇살이
빠른 걸음으로 올라간다

산은 제자리로 돌아가 산이 되고
나는 아파트가 되었다

복숭아 장수

"영감님 불알이 아닙니다
자꾸 만지지 마세요"
박스를 찢어 칠곡 할머니 글씨체로
또박또박 써 내려간 복숭아 가게의 안내문

복숭아 사러 온 아낙네들
킥킥거리며 한 박스씩 사간다
구경하는 사람도 사는 사람도
모두가 즐거운 표정이다

집에 가져가서 아무도 없을 때
골고루 만져 볼 심산인지
만져보고 사는 사람은 없다

보이지도 않는 영감님 불알을 가져와
허락도 없이 덤으로 끼워 팔다니
봉이 김선달이 놀라겠다

갓집 새댁이

손주까지 보았는데도
우리 동네 마음씨 좋은 할머니는
언제나 갓집 새댁이었다

"새댁이 아줌마 엄마가 아침 드시러 오시래요"
"그래 알았다 어젯밤에 제사 지냈구나"
환하게 웃으시며 감춰 두었던 왕사탕을 꺼내 주시곤 했다

잠자리에 실수를 해서
키를 덮어쓰고 소금 얻으러 갈 때가 있었다
또래 여자 아이가 볼까봐 옆집은 번개같이 지났지만
한집 건너 포수 아저씨 집엔 사나운 개가 있어서
살금살금 고양이 걸음으로 가야만 했다

무사히 갓집에 도착하여 머뭇거리고 있는데
새댁이는 기다렸다는 듯 빙그레 웃으시며
소금을 한주먹 집어 주셨다
돌아오는 길에 키를 덮어쓰고 있는
또래 여자 아이를 만난 일은 아직도 둘만의 비밀이다

지금은 안 계시지만
개망초 만발한 그 집은 아직도 새댁이 집으로 부른다

그 여자의 커피

오늘도 아침 일찍
달봉산에 올랐다
인상 좋은 아줌마
커피 한 잔을 권한다

기분 좋게 받아 마시고
도란도란 얘기 나누며
산 입구까지 내려왔는데
아뿔싸, 등산조끼를 걸어놓고
그냥 내려왔다

먼저 가시라고 하고는
헐레벌떡 다시 산을 올랐다
조끼를 찾아 걸치고 내려오는 길
치매라는 낱말이 나를 우울하게 한다

아니야, 생각이 났으니까 건망증이야
애써 위로해 보지만 개운치가 않다
곰곰이 생각해 보니
그 여자의 커피가 문제였다
병원에 한번 가 봐야 하나

경자년 연화지

경자년이
솔가지에 걸린 보름달을
연화지에 빠뜨려 놓았다

정자는
보름달 건지겠다고
소나무 움켜잡고
연못 속으로 뛰어 들었다
하늘도 구름도
세상이 모두 연화지에 빠졌다

늙은 연들
바싹 말라버린 몸뚱어리로
덕담을 써 내려간다
건강이 제일이라고
날마다 좋은날 되어 행복하라고

잡연들은
노래하고 춤추기 바쁜데
코로나 해결 못하고 떠나는 경자년
연화지에 멋진 연들 오기만 기도한다

갱년기

수캐 영역표시 하듯
찔끔찔끔 여우비를 뿌려댄다

갑자기 천지가 캄캄하고
우루루 쾅쾅 천둥소리 요란하다
둑이 터져 버렸나
폭포수 같은 소낙비가 쏟아지고
도랑물이 쾇쾇 물천지가 되었다

가슴 가득한 먹구름 쏟아 붓더니
햇빛이 쨍쨍 내려 쬔다
호랑이 장가 들었나
흠뻑 젖은 옷을 털면서
나이든 남자가 중얼거린다

소낙비 한바탕 지나간 후
그녀는 언제 그랬냐는 듯
파아란 속마음을 드러내 보인다

나 때는 말이야

조그만 카톡방 하나 얻어
삼대 열한 식구가 모였다

오늘은 할아버지 텃밭에서 갓 꺾어온 옥수수를
주말에 맞추어 택배로 긴급배달
먹음직스럽게 삶아 카톡방에 모였다

할아버지는 손주들 맛있다는 인사에 행복 가득이다
땅콩 고구마도 보낼 것을 생각하니
어깨가 덩실덩실 신이 났다

손주들이 하나 둘 모두 떠나고
할아버지 혼자 남아 생각에 잠겼다

콧구멍만한 방 한 칸에 열두 식구가 모여 살던 시절
무덥던 여름날엔 마당에 덕석 펴 놓고
칡 수제빗국으로 배 채우며
쑥대 모깃불 피워 별빛 세다가 잠이 들곤 했지

눈도 많이 내리고 유난히도 추웠던 그 시절
어머니는 아이들에게 자리 내어주고
윗목 구석 벽에 몸을 기대어 주무시곤 했지

아날로그를 벗어나지 못한 시골꼰대
라떼가 그리운 건 그래도 착한 꼰대일까

그리움이 티 없이 재잘거린다

감나무 잎사귀들이 뚝뚝 떨어지고
잎사귀 위에선
그리움이 티 없이 재잘거린다

산머루를 닮았던 그녀의 눈망울이
가슴에 와 꽂히고
두 볼은
빨갛게 달아올랐다

도랑 옆 산국의 진한 향기가
코끝을 스친다

삐삐삐
세 시를 알리는 라디오 소리
뉴스가 흐르고
거울 속엔 반백의 머리칼이 흩날린다

젖엄마

늦둥이로 태어나
엄마는 젖이 부족했다
한 달 먼저 태어난
갓집 춘자 엄마의 젖을
나누어 먹고 자랐다
춘자 엄마는 젖엄마다

오랜만에 만난
초등학교 동기생들
도란도란 애기꽃을 피우고 있었다

춘자도
목련꽃 교복을 입고 앉아 있었다
"춘자야, 네 젖 먹고 내 이렇게 컸다"

갑자기 아이들이 배꼽을 잡았다
"뭐라꼬, 춘자젖 먹고 컸다꼬?"
놀려대는 소리에 얼굴 빨개진 춘자
자리를 떠났다

친구는 시골이장

오랜만에 시골이장 친구 집에 놀러갔다
가을걷이 끝난 논엔
무서리가 하얗게 내려 있었다
이장 내외는 나를 반갑게 맞아 주었다

김장김치 청국장에 갓 지은 햅쌀밥을
점심으로 잘 대접 받고
믹스 커피 마시면서 아이들 얘기가 나왔다

하루살이는 하루를 살아도 고손자까지 보고 죽는다카던데
친구의 한숨소리가 오늘따라 크게 들린다
친구에게는 사십 훌쩍 넘긴 아들이 둘이나 있다

이 사람아 귀여운 외손주 보면 되지
아들만 셋인 나는 딸 가진 친구가 항상 부러웠다
방앗고 만도 못한 외손주 그거 보마 뭐하노
친구 부인은 아무 말 없이 밖으로 나갔다

손주가 다섯이나 되는 나는
외손주 하나 있었으면 좋겠다는 말도 꺼내지 못했다
마당에는 노오란 국화송이가 조롱조롱 달려 있었다

소나무 애인

아침 산책길 숲에서 제일 멋진
그녀를 끌어안고
오늘도 사랑에 빠진다

갑자기 들려오는 인기척
고개도 돌리지 못하고
매미처럼 붙어 있는데
아주머니 한분 멈칫 하더니
못 본 척 지나간다

나무를 끌어안고
입까지 맞추고 있으니
바바리맨으로 보였을까

주인이 있을지도 모를
그녀를 사랑했으니
틀림없는 불륜이다

산나리 예뻐 정신이 팔려도
청순한 원추리에 영혼을 빼앗겨도
질투하지 않는 그녀를 사랑한다

새로운 옷

나 클 때는 말이야
난닝구 빤쓰는 외출복
지금은 구운 오징어처럼 오그라들어
거시기 가리기도 쉽지 않다

나 클 때는 말이야
젖마개란 괴물도 없어서
엄마 품엔 언제나
꿀 같은 젖가슴이 달려 있었다

그런데 얼마 전부터
반드시 입어야 할 옷이 하나 더 생겼다
빤쓰는 안 입어도 조심하면 되지만
입마개를 하지 않고서는 아무것도 못한다

건망증 심해져 하루에도 두세 번씩 집에 드나든다
사람들은 하루 종일 끼고 있으니
답답하기도 하고 얼굴에 뭐가 난다고 난리다

우주인처럼 캡슐 속에
들어가 살날이 오지 않을까
괜한 걱정에 두렵다

자아 인식과 서정적 기원의 진실

자아 인식과 서정적 기원의 진실

– 최원봉 시집 『동그라미의 끝』

김 송 배
(시인·한국문인협회 자문위원)

1. '나'를 인식하면서 감응한 정서

현대시에서 추구하는 보편적인 정서는 '나'를 인식하면서 지금까지 영위해온 삶을 통한 자성(自省)의 시법으로 작품을 형상화하는 경향을 많이 대할 수 있는데 이러한 시적 정황(situation)은 무엇보다도 그 시인이 체험한 삶의 현장에서 감응한 다양한 의식들이 재생하여 시적인 이미지를 창출하거나 주제를 정립하는 형태를 간과(看過)하지 못한다.

시의 위의(威儀)나 본령(本領)은 작품의 상황 설정과 전개과정에서부터 표현과 주제를 결론짓기까지 우리 인간들의 존재문제와 이 문제에서 탐색하려는 인간 본질의 지향에 대한 인본주의(humanism)에서 그 해법을 찾는 경우를 흔하게 접하게 된다.

이러한 관점에서 최원봉 시집 『동그라미의 끝』의 작품들을 일별하면서 그가 사유하는 지향점은 바로 '나'를

중심으로 해서 잡다하게 생성된 삶의 체험이 곧 생존
(존재)에 대한 인식으로써 그의 인생 탐구가 진솔하게
적시되고 있어서 우리 모두가 공감하는 시제(詩題)와 메
시지가 많은 흡인력을 갖게 한다.

이 '나'를 통해서 어떤 메시지를 시로 형상화한다는
것은 '나'(혹은 자아)에 대한 영육(靈肉)을 관류하는 인
생관이나 가치관에 대한 지적인 정서의 축적이 그만큼
광범위하게 작용해야 하는 사유가 필요하게 된다. 이는
자신이 간직하고 있는 평범한 체험과 지식보다는 차원
높은 형이상적(形而上的)인 철학이나 심리적인 상황전개
가 필요하다는 점을 생활 속에서 확대해야 한다는 것에
유념할 필요가 있을 것이다.

그는 <시인의 말> 「은어, 귀향하다」 중에서 "인생살
이에서 이제는 108번뇌 염주알로 뺄셈만하면서 둥글둥
글하게 살아가는 삶"을 그의 존재 이유로 정립하고 있
어서 그가 현재의 삶에서 감지하는 인생관이 함축된 어
조에서와 같이 자신의 인생을 반추하는 것으로 이해할
수 있을 것이다.

그가 "이제 우리는 한 덩어리가 되어 머물다가/ 세월
따라 하나하나 흩어지겠지/ 너와 난 그렇게 흘러가며 과
거가 되고/ 산이 되고 들이 되고 또 강이 되리라// 나란
것도 없고 너란 것도 없다"(「만두로 점심을 하다」 중에
서)는 정돈된 인생론적 어조처럼 '나'와 '너'라는 실체가
자연으로 돌아가리라는 존재의 허무에 대한 시법으로
자신을 정리하고 있는 것이다.

나는 사람이라고 불리는 퍼즐

가까이 보면
눈 귀 코 입 그리고 몸뚱어리라고
불리는 조각들이 있다

오래 보면
기쁨 분노 슬픔 즐거움이라고
불리는 조각들이 있고

가끔은
이성 양심이라고
불리는 조각들도 있다

나는 조각들로 짜여진 퍼즐이다
조각은 느끼고 행동하기도 한다

채워야 할 조각들 채우지 못하고
버려야 할 조각들로 채워진 퍼즐

사람이라고 불리는 퍼즐들이
나를 사람이라고 부른다
                    - 「'나'라고 불리는 조각들」 전문

우선 최원봉 시인은 '나'에 대해서 '사람'이라는 하나
의 사물로 가까이에서 보거나 오래 동안 보면서 인생행

로에서 당면하는 희로애락(喜怒哀樂)의 정의(情誼)에서 불리는 "나는 조각들로 짜여진 퍼즐이다"라는 어조(語調)로 사람(이 세상 모든 사람)들에게 띄우는 경종(警鐘)의 메시지로 들려서 우리들은 그의 이러한 단정은 상당한 설득력 내포(內浦)에 몰입하게 된다.

그는 '조각'이라는 객관적인 대칭적인 화자를 설정하고 외적인 육체와 내적인 정신을 하나의 퍼즐로 비유하는 그의 시법은 주(主)와 객(客)이 "채워야 할 조각들 채우지 못하고/ 버려야 할 조각들로 채워진 퍼즐"이 되는 상호 교감하는 진실이 채움과 버림에 대한 인생적 가치관을 형상화하는 그의 시정신이 발현하고 있는 것이다.

그는 다시 "짙은 흙냄새와 함께/ 머리 내민 쑥과 달래 향기가/ 내 가슴을 흔든다/ 머지않아/ 벚꽃들 연분홍 향기 쏟아내면/ 어찌할까 눈으로 맡아 볼 수밖에// 상추 쑥갓 무럭무럭 자라나면/ 혼자 사는 친구 불러 쌈 싸 먹으며/ 꽃향기 사람 향기에 흠뻑 취해보고 싶다"(「텃밭에는 코 있다」 중에서)라는 "사람 향기"에 대한 평소의 미감(美感)이 "꽃향기"와 더불어 "흠뻑 취해보고 싶다"는 기원의 의식이 자신을 인식하게 하는 단계로 "내 가슴을 흔"들고 있는 것이다.

사리암에 왔다
녹음을 뚫고

지나온 길 지운다

녹음이 구름 되어

몸으로 물길 틔는 골짝개울
차가운 바위 속으로
천천히 걷고 있다

하늘 메워버린 녹음 사이로
길이 삐죽이 나 있다

기도하러 온 사람들
관음전의 부처님
젊은 비구니
모두 虛像되어 녹음 속으로 묻혀 간다

나이테처럼
쓸데없는 울타리만 만들어온 내 모습이 보인다
　　－「모두 허상되어 녹음 속으로 묻혀 간다」 전문

　최원봉 시인이 나를 인식하는 방법에는 사리암을 찾
거나 직지사를 찾아서 진정한 자아를 발견하려는 노력
(일종의 방황)이 지속된다. 그는 "기도하러 온 사람들/
관음전의 부처님/ 젊은 비구니/ 모두 虛像되어 녹음 속
으로 묻혀" 가지만 그 속 "허상"에는 "나이테처럼/ 쓸데
없는 울타리만 만들어온 내 모습이 보"이고 있어서 나
에 대한 진정한 나를 발견해서 자아의 인식을 명징(明
澄)하게 확립하는 그의 시법에 공감을 확대하고 있는

것이다.

그는 사리암, 관음전, 직지사, 능여화상, 노스님, 독경 소리 등등으로 사찰과 연관된 어휘를 많이 응용하는 것으로 보아서 그는 불심(佛心) 등에서 인식된 자아에서 성찰의 심리적 변환으로 새로운 자신의 행로를 구축하려는 시의 정신적 지향의식을 이해하게 한다.

최원봉 시인은 조계종 제8교구 신도회장을 역임했던 참신한 불자이다. 이 시집의 표제시인 「동그라미의 끝」 중에서도 "백팔 염주알이/ 동그라미를 그리며/ 빙글빙글 돌고 있다// 동그란 염주알처럼/ 열심히 수행하여/ 둥글둥글 살아가라고// 시작도 없고 끝도 없는/ 윤회의 길을/ 벗어나라고"라는 불심(佛心)의 언어로 자신을 채찍질하고 있는 것이다.

또한 그는 "나란 것도 없고 너란 것도 없다"(「만두로 점심하다」 중에서), "아직도 내가 나를 못 버리나 보네"(「잃어버린 손수건」 중에서), "내 몸은/ 하루 빨리 분해되고 있습니다"(「아무 것도 아닙니다」 중에서) 등의 시적 소재에서 나를 인식하는 시구(詩句)를 읽을 수 있을 것이다.

2. 불망(不忘)의 애절한 아내와의 애정

최원봉 시인에게서 다시 간과할 수 없는 불망의 애가 (哀歌-elegy)가 있다. 사랑하던 아내와의 영원한 결별이다. 아내가 췌장암이라는 불치의 병을 앓으면서도 남달랐던 애정의 이미지가 작품으로 형상화하고 있어서 우리들의 심중을 애련하게 흡인하고 있는 것이다.

그는 "당신과 함께 심은 겹벚꽃이/ 방울방울 등불을 달았어요/ 여보 저기 꽃 좀 봐요"(「저 꽃 좀 봐요」 중에서)라는 어조와 같이 그의 애정의 온도는 가늠할 수 없이 뜨거웠다는 그의 내면에서 복받치는 애감(哀感)의 언어는 그의 망실(亡室)에 대한 너무나 경건하게 울려지기도 한다.

그가 <시인의 말>에 언급했듯이 그는 "직시사의 불자가 되어 새로운 삶을 살고 있"어서 그의 법명이 보광이며 아내의 법명은 세등심이다. 그는 "어느 날 갑자기 깜빡깜빡/ 이승 저승을 넘나들던 世燈心/ 초파일을 하루 앞둔 10시 50분/ 普光의 품에서 임종을 맞고 말았다 − 중략− 초파일 아침 직지사 앞마당에/ 밝은 연등 걸렸다"(「밝은 연등」 중에서)는 어조로 자신의 심안(心眼)이 부처님 자비(慈悲)에서 명민(明敏)한 기원의 의지로 변화하고 있음을 이해할 수 있게 한다.

앞에서 본 바와 같이 그가 '나'를 발견하는 과정에서도 이미 사찰의 스님들과의 교감을 통해서 부처님의 자비 속에서 살면서 그의 아내와의 별리(別離)가 현실로 도래(到來)한 것이다.

사내아이 셋을 혼자서 다 키우고
집안일은 도맡아 하셨는데
돈만 벌어주면 되는 줄 알았습니다
직장일 핑계로 자정 넘기는 일이 허다하고
때로는 와이셔츠 입술연지 묻혀가도
말없이 씻어 주셨지요

막내아들 결혼식 날
영양제 주사 힘으로
그토록 긴 시간을 잘도 버텨내더이다
두 달도 채우지 못하고 당신은 떠나셨는데
"당신 나 때문에 고생했어요 당신 가슴이 이렇게 넓은
줄 몰랐어요"
그 말 한마디에 내 할일 다 했다고 생각 했지요

웨 그렇게 몰랐을까? 웨 그렇게 바보였을까?
올봄에도 벚꽃이 핍니다
당신 마음속에 모아둔 꽃송이들
올봄에는 남김없이 쏟아놓고 떠나세요
                        - 「아내생각」 중에서

최원봉 시인은 이처럼 아내의 고결한 행적에서 감지
할 수 있듯이 사내아이 셋을 혼자서 다 키우고 집안일
은 혼자서 도맡아 하던 아내는 막내아들 결혼식 날 영
양제 주사의 힘으로 끝까지 버티다가 두 달 후에 이 세
상을 떠났다는 애절한 사연이 시적으로 형상화하는 것
은 일종의 시법에서 러브 스토리로 적나라하게 들려주
고 있는데 이는 그가 그토록 잊지 못하는 아내의 사랑
을 직설적으로 표현함으로써 더욱 감동의 영역을 확대
하고 있는 것이다.
　　또한 "아내의 삼우제 끝나고 모두 떠나버린 텅 빈 아
파트/ 정신을 차리고 창밖을 보니/ 연화지 벚나무가 한
꺼번에 꽃을 피웠다"(「고려장」 중에서)는 어조에서도 이

해할 수 있듯이 이제는 혼자 텅 빈 아파트에서 맞이하는 벚꽃들은 그의 애모(哀慕)의 이미지를 깊게 각인시키는 고독감이 그의 사랑가의 중심이다.

나보다 더 나은 여자와
꼭 재혼하라던 당신
그 빈자리가 더욱 커집니다

사십 년을 함께했던 시간에 갇혀
예쁘고 알뜰하고 지혜로운 인연을
아직도 만나지 못했습니다

언제나 내편이었던 당신에게
한 번도 당신편이 되어주지 못하고
남편 아닌 남의 편으로 살아왔습니다

쇠똥구리는 쇠똥이라도 평생을 굴리고 사는데
아직 나는 허송세월만 굴리며
바동거리고 있습니다
— 「아직」 전문

떠나간 아내는 현실적인 현명하고 진정성 있는 유언을 남기지만 그는 "아직도" "예쁘고 알뜰하고 지혜로운 인연을/ 아직도 만나지 못했"다는 이유가 바로 "사십 년을 함께했던 시간에 갇혀"있다는 애정의 진실이라고 할 수 있을 것이다. 또한 그는 아내는 항상 내 편이었지만

나는 남편이 아닌 남의 편으로 살아 왔다는 이 세상 남
편들의 솔직한 번민을 토로(吐露)하고 있어서 최원봉 시
인의 의식의 흐름에는 오로지 아내를 향한 사랑의 애처
가로 보답하는 휴머니즘적 정신을 엿보게 하고 있다.

이 밖에도 작품「말은 안했다」에서 시골 버스 정류장
에서 한 아주머니의 가방을 들어준 일에 "아내의 안색
이 별로다"라거나 「죽어도 없음」에서는 걸려온 카톡 -
당신 나 몰래 통화하는 여자 있지 - 죽어도 없음이라고
변명하는 익살 등등 아내와의 정다운 대화는 그의 시
읽기에 흥미를 더하면서도 사랑가의 정점을 예감할 수
있는 시법이다.

최원봉 시인은 아내와 함께 아버지와 어머니 며느리
손주들까지 전 가족들에 대한 사랑의 향연이 다정다감하
게 전개되는 그의 사랑시법을 이해하게 된다.

3. 친자연적인 교감과 서정시의 발현

최원봉 시인에게서 지금까지 살펴본 작품에서 그가
여망하는 몇 가지의 상황에서는 친자연적인 서정으로
인간과 화해하는 순정미를 읽을 수 있음을 간과하지 못
한다. 그는 만유(萬有)의 자연과 교감한다는 것은 순수
서정에서 발현하는 그의 안온한 정심(情深)의 정서와 사
유가 융합하고 있음을 이해할 수 있는 것이다.

그는 "그녀의 꽃밭이/ 산으로 올라왔다// 끈끈이대나
물/ 채송화/ 족두리꽃/ 금계국은 몰래 따라오다/ 지쳐서
비탈에 자리 잡았다// 둥굴레/ 원추리/ 땅비싸리가/ 친구
되어 꽃을 피웠다// 일 년이 지난 어느 봄날/ 그녀도/ 산

으로 올라와 꽃밭이 되었다"(「그녀의 꽃밭」 전문)는 정
감적 어조는 "그녀"에 대한 상사(相思)의 순정이 꽃밭에
서 다시 반추해보는 아련한 연정이 넘치는 시법에서 우
리들의 공감을 유로하고 있는 것이다.

천덕꾸러기 망초꽃
엄마 떠난 빈 마당에
엉덩이 슬쩍 들이밀더니
용케도 버텨 주인이 되었다

길 건너 텃밭에도
춘자네 삽작거리에도
하얗게 피어 빈자리 지킨다

텅 비워버린 고향 동네 걱정되어
마지막 떠난 엄마가 보낸 꽃인가

뜨거운 여름
끈질기게 피어난 너의 마음
이제는 너를 보러
텅 빈 고향을 찾는다

 － 「망초꽃 만발」 전문

그렇다. 그는 이러한 작은 천덕꾸러기 '망초꽃'에서도
엄마와 고향동네에 대한 추억의 향기가 배어있는 회상
으로 "뜨거운 여름/ 끈질기게 피어난 너의 마음/ 이제는

너를 보러/ 텅 빈 고향을 찾는다"는 귀향의 행로가 "텅 빈 고향"의 서글픔이 우리들의 현실을 잘 표출하는 시법을 알 수 있는 것이다.

그는 "엄마 떠난 빈 마당에" 이제는 망초꽃이 주인이 되었다. 그리고 "춘자네 삽작거리에도" 그 빈자리를 하얗게 지키고 있어서 지금은 그가 텅 빈 고향을 찾는 시적 정황은 전원 풍광에서 감응하는 속삭임의 어조를 이해하게 한다.

다시 "떠나온 땅속에 누가 있길래/ 초롱초롱한 꽃잎이 말라붙을 때까지/ 고개 한번 돌리지 않는 꽃이 되었나 -중략- // 비바람 심술에도 투정 한번 부리지 않는/ 순결한 희생이 귀중한 뿌리로 자랐구나"(「둥굴레꽃」 중에서)에서도 순수한 순결과 순정이 교감하는 시법이 그의 내면에서 생성하는 진정한 시법임을 이해할 수 있는 것이다.

그는 특히 자연에서도 화훼(花卉)류에 대한 동화(同化)가 많은 소재로 취택되고 있어서 그의 정감이나 미감(美感)의 심리적인 발상이 많이 나타나고 있다. 그 많은 꽃 중에서도 탱자꽃, 민들레, 살구꽃, 복사꽃, 버들말즘, 백일홍, 자운꽃, 접시꽃, 개나리, 진달래, 벚꽃, 구절초, 진달래, 춘란, 해오라비란, 하늘타리, 달맞이꽃, 단풍, 며느리배꼽, 며느리밑씻개, 며느리밥풀, 산머루, 감나무 등 헤아릴 수 없이 꽃과 나무에 그의 눈길을 멈추지 못한다.

연화지를 에워싼

벚꽃들의 연분홍 사연들은
가지마다 가득 매달려
시끌벅적 야단법석이다

이제 머지않아
연화지 가득 연꽃 피어나면
수줍은 웃음으로 유혹할 텐데

꽃이 되고 싶다
꽃이 되어 꽃을 보고 싶다
꽃의 마음을 보고 싶다

                     - 「봄봄봄」 중에서

  최원봉 시인은 이처럼 "꽃이 되고 싶다"고 절규하면서 '연화지'에 핀 벚꽃과 연꽃들의 연분홍 사연들에 매료(魅了)되어 있다. 그는 자신이 꽃이 되어 "꽃의 마음을 보고 싶다"는 순수한 기원의 어조는 '연화지'뿐만 아니라 우리들의 가슴속에 메마른 정의(情誼)를 간절하게 여망하는 그의 진실을 읽을 수 있게 한다.
  그는 특히 김천시 교동에 위치한 연화지에 착목(着目)하여 그 푸른 물결과 주변 풍경과의 소통(疏通)이 잦은 것으로 보인다. 그곳에서 탐색하는 서정적인 자연 친화에서 그는 다채로운 현실 속 우리 인간들의 정감을 응시하는 시적 보고(寶庫)가 되고 있는 곳이기도 하다. 그가 연화지를 작품에서 자주 응용하는 것은 다음과 같이 나타나고 있다.

- (「연과 함께」 중에서) 교동연화지엔/ 큰 연/ 작은 연/ 하트 연도 있다// 큰 연들/ 큰 꽃을 피우는 바람에/ 작은 연들/ 숨어서 살짝 피었다 지고 말아/ 휴대폰에 담지 못했다
- (「단풍」 중에서) 소갈머리 없는 벚나무들이/ 연화지를 가운데 두고 동그랗게 둘러 앉아/ 가을 햇살을 붙잡고 있다
- (「경자년 연화지」 중에서) 잡연들은/ 노래하고 춤추기 바쁜데/ 코로나 해결 못하고 떠나는 경자년/ 연화지에 멋진 연들 오기만 기도한다
- (「자운꽃」 중에서) 요즘 동네 연화지에 연꽃이 한창 피어/ 백일홍과 어울려 유혹하고 있다/ 나도 마음을 빼앗겨 정신을 못 차리고/ 휴대폰에 잔뜩 담아 마구 퍼 날랐다

4. 시적인 해학(諧謔)과 역설적 진실

　최원봉 시인에게서 특이하게 읽을 수 있는 대목이 시적인 해학을 말할 수 있겠다. 이 해학은 시학에서는 풍자(諷刺-satire), 역설(逆說-paradox), 페러디(parody) 등으로 현현되는 아이러니(irony)를 말하는데 우리 현대시에서도 상당한 비중으로 사용되는 시법이다.

　최원봉 시인도 이러한 해학적인 시법으로 작품을 형상화 하고 있어서 시선을 집중시키고 있다. 이와 같은 표출은 내용을 보편적인 상식으로 이해하지만 모순이나 잘못된 형태를 비꼬거나 꼬집는 형태의 시법을 말하는데 실제로 그 전개 속에는 그 시인의 진리와 진실이 숨

겨져 있다.

우리 문학에서도 해학을 다채롭게 수용해서 작품의 공감을 유로하고 있는데 특히 소설에서는 익숙하게 응용하고 있으나 시에서는 그 범위가 다소 축소될 수밖에 없다. 그것은 표현에서 언어의 함축이라는 시적인 특성이 있기 때문이리라.

　　"영감님 불알이 아닙니다
　　자꾸 만지지 마세요"
　　박스를 찢어 칠곡 할머니 글씨체로
　　또박또박 써 내려간 복숭아 가게의 안내문

　　복숭아 사러 온 아낙네들
　　킥킥거리며 한 박스씩 사간다
　　구경하는 사람도 사는 사람도
　　모두가 즐거운 표정이다

　　집에 가져가서 아무도 없을 때
　　골고루 만져 볼 심산인지
　　만져보고 사는 사람은 없다

　　보이지도 않는 영감님 불알을 가져와
　　허락도 없이 덤으로 끼워 팔다니
　　봉이 김선달이 놀라겠다
　　　　　　　　　　　　－「복숭아 장수」 전문

144

일찍이 누군가가 해학은 먼저 웃음을 짓고 나서 고개를 갸우뚱하면서 유머러스한 사실에서 존재를 인식하고 인간의 관대한 점을 발견하게 된다고 했다. 우리는 먼저 작품의 내용에서 미소를 띠면서도 무엇인가 보이지 않는 풍자적 비유법에 고개를 끄덕이게 한다.

이러한 작품들을 심도 있게 잘 표현하는 시인들은 많다. 특히 시사성이 있는 작품들에서는 사회를 비꼬거나 질책하면서 정의를 구현하려는 시법도 있지만 최원봉 시인의 풍자는 아주 보편적인 스토리에서 탐색하는 일상적인 인간들의 심리가 '복숭아 장수'를 통해서 우리들의 감응력을 상승시키고 있는 것이다.

한편 최원봉 시인은 "나 클 때는 말이야/ 젖마개란 괴물도 없어서/ 엄마 품엔 언제나/ 꿀 같은 젖가슴이 달려 있었다// 그런데 얼마 전부터/ 반드시 입어야 할 옷이 하나 더 생겼다/ 빤쓰는 안 입어도 조심하면 되지만/ 입마개를 하지 않고서는 아무것도 못한다"(「새로운 옷」 중에서)는 스토리는 60~70년대의 생활상이 그대로 적시된 사회성이 짙은 작품이다. 그 당시에는 '젖마개' 곧 브래지어가 없던 시절의 정경이 오늘날은 코로나의 괴질로 "입마개(마스크)를 하지 않고서는 아무것도 못하"는 세상을 역설적을 현현하고 있는 것이다.

늦둥이로 태어나
엄마는 젖이 부족했다
한 달 먼저 태어난
갓집 춘자 엄마의 젖을

나누어 먹고 자랐다
춘자 엄마는 젖엄마다

오랜만에 만난
초등학교 동기생들
도란도란 얘기꽃을 피우고 있었다

춘자도
목련꽃 교복을 입고 앉아 있었다
"춘자야 네 젖 먹고 내 이렇게 컸다"

갑자기 아이들이 배꼽을 잡았다
"뭐라꼬 춘자젖 먹고 컸다꼬?"
놀려대는 소리에 얼굴 빨개진 춘자
자리를 떠났다

－「젖엄마」전문

최원봉 시인은 이와 같은 해학적인 작품을 다소 창작해서 비평적 혹은 비판적인 요소가 적나라하게 드러나고 있는데 이 '젖엄마'도 동일한 형태의 유형을 띠고 있다. 엄마 젖이 부족했던 늦둥이가 "갓집 춘자 엄마의 젖을/ 나누어 먹고 자라"서 이제 어엿한 교복을 입은 학생들이 "춘자야 네 젖 먹고 내 이렇게 컸다", "뭐라꼬 춘자 젖 먹고 컸다꼬?" 참으로 흥미 넘치는 해학적인 스토리텔링(storytelling)이다.

또한 '잠자리에 실수를 해서/ 키를 덮어쓰고 소금 얻
어러 갈 때가 있었다/ 또래 여자/ 아이가 볼까봐 옆집은
번개같이 지났지만/ 한집 건너 포수 아저씨 집엔 사나운
개가 있어서/ 살금살금 고양이 걸음으로 가야만 했다//
무사히 갓집에 도착하여 머뭇거리고 있는데/ 새댁이는
기다렸다는 듯 빙그레 웃으시며/ 소금을 한주먹 집어 주
셨다/ 돌아오는 길에 키를 덮어쓰고 있는/ 또래 여자 아
이를 만난 일은 아직도 둘만의 비밀이다(「갓집 새댁이」
중에서)'. 여기에서도 우리들이 농촌에서 겪었던 옛날
추억에서 형상화한 해학의 시법이 감동을 흡인 시키고
있는 것이다.

이 밖에도 작품 「봄은 봄」 「소나무 애인」 「불거지」 「전
투모기」 「오리 물에 빠지다」 「무정란의 세상에선」 등등
의 작품에서 역설적이거나 반어(反語)의 언어로 이미지
의 도출이나 상징이 가미되는 시법으로 시적 의미를 확
충시키고 있는 것이다.

최원봉 시인은 시집 『동그라미의 끝』에서 탐색하고자
했던 주제는 대체적으로 '나'라는 존재의 인식을 통한
성찰과 가치관의 재확인이 주제로 승화하고 있으며 존
재의 귀중한 내면에는 불망의 아내와의 애감이 절절하
게 각인되는 시법에서 숙연해지기도 한다.

그 밖에 그는 친자연의 전원적인 서정에 몰입하고 있
는데 특히 꽃과의 교감은 그의 서정시에 많은 영향을
제공하고 있어서 우리 시인들이 시도해보는 좋은 창작
의 과정이라고 할 수 있을 것이다. 그는 시와 함께
"직지사 불자가 되어 새로운 삶을 살고 있다"는 그의

말처럼 모든 것을 내려놓고 맑고 밝은 고차원의 가치관을 구축하려는 그의 의지에 찬사를 보낸다.

시집 발간을 축하한다. ✍

최원봉 시집

동그라미의 끝

1판 1쇄 펴낸날 2022년 3월 15일
지은이 / 최원봉
펴낸이 / 김송배

펴낸곳 / 도서출판 **시원**
등　록　2000.10.20. 제312-2000-000047호
03701. 서울시 서대문구 연희로 11사길 16-4
전　화 : 010-3797-8188
E-mail : ksbpoet@daum.net
Printed in Korea ⓒ 2006. 시원
찍은곳 / 신광종합출판인쇄
배부처 / 책만드는집 (Tel 02-3142-1585)
04022. 서울시 마포구 양화로3길 99. (지하)

ISBN　978-89-93830-49-1　03810

값 / 12,000원